A SEMANA DE ARTE MODERNA: SÃO PAULO, 1922

DOUGLAS TUFANO

SEMANA MODERSÃO

1ª edição

A SEMANA DE ARTE MODERNA: SÃO PAULO, 1922

© DOUGLAS TUFANO, 2021

DIREÇÃO EDITORIAL	Maristela Petrili de Almeida Leite
COORDENAÇÃO DE EDIÇÃO DE TEXTO	Marília Mendes
EDIÇÃO DE TEXTO	Ana Caroline Eden, Thiago Teixeira
COORDENAÇÃO DE EDIÇÃO DE ARTE	Camila Fiorenza
PROJETO GRÁFICO E DIAGRAMAÇÃO	Isabela Jordani
ILUSTRAÇÕES	Weberson Santiago
PESQUISA ICONOGRÁFICA	Jade Del Grossi Defacio
COORDENAÇÃO DE REVISÃO	Elaine Cristina del Nero
REVISÃO	Palavra Certa
COORDENAÇÃO DE *BUREAU*	Rubens M. Rodrigues
PRÉ-IMPRESSÃO	Marcio H. Kamoto
COORDENAÇÃO DE PRODUÇÃO INDUSTRIAL	Wendell Jim C. Monteiro
IMPRESSÃO E ACABAMENTO	PlenaPrint
LOTE	296397/296398

Crédito das fotos da página 84:
Desenho. © Anita Malfatti - Acervo do Instituto de Estudos Brasileiros da Universidade de São Paulo, São Paulo, Anita Malfatti: Reprodução - Coleção particular; Mário de Andrade: Reprodução - Coleção particular; Tarsila do Amaral: Reprodução - Coleção particular; Oswald de Andrade: Reprodução - Coleção particular; Menotti Del Picchia. © Menotti Del Picchia/Dedoc/Nova Cultural.

Dados Internacionais de Catalogação na Publicação (CIP)
(Câmara Brasileira do Livro, SP, Brasil)

Tufano, Douglas.
  A Semana de Arte Moderna : São Paulo, 1922 / Douglas Tufano. -- 1. ed. -- São Paulo : Moderna, 2021.

ISBN 978-65-5779-819-5

1. Modernismo 2. Semana de Arte Moderna (1922 : São Paulo, SP) 3. Semana de Arte Moderna (1922 : São Paulo, SP) - História I. Título.

21-68029   CDD-981.611

Índices para catálogo sistemático:
1. Semana de Arte Moderna : São Paulo : Cidade : História 981.611

Maria Alice Ferreira - Bibliotecária - CRB-8/7964

Reprodução proibida. Art. 184 do Código Penal e Lei 9.610 de 19 de fevereiro de 1998.

Todos os direitos reservados

EDITORA MODERNA LTDA.
Rua Padre Adelino, 758 - Belenzinho
São Paulo - SP - Brasil - CEP 03303-904
Vendas e atendimento: Tel. (11) 2790-1300
www.modernaliteratura.com.br
2021

PARA A CÉLIA, QUERIDA ESPOSA E COMPANHEIRA DE TODAS AS HORAS.

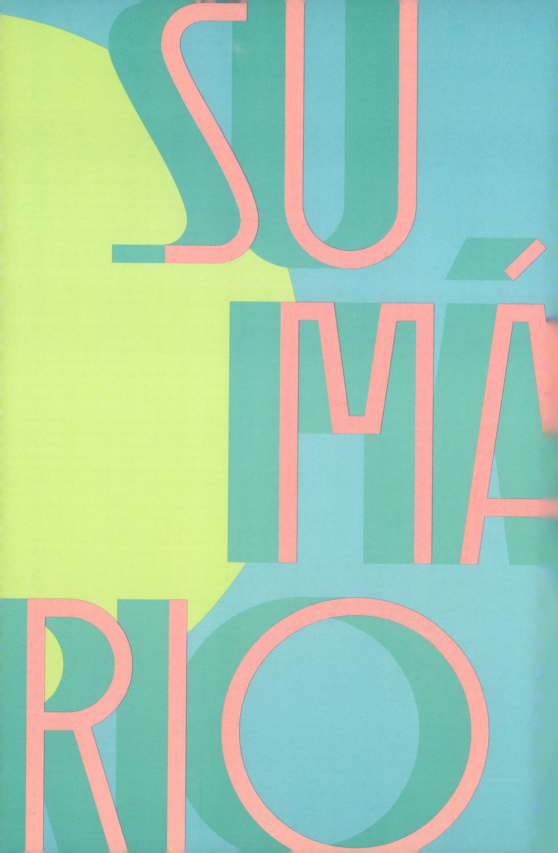

Apresentação 8

1 O palco do espetáculo:
o Theatro Municipal de São Paulo 10

2 Os braços que construíram São Paulo 12

3 Na Europa, os horrores da guerra 17

4 As revoluções artísticas
que agitavam a Europa 20

5 Enquanto isso, em São Paulo... 29

6 Manifestações modernistas em
São Paulo antes da Semana de 1922 32

7 Rio de Janeiro e São Paulo 57

8 Nasce a ideia de uma
Semana de Arte Moderna 62

9 Madrugada assustadora:
um tremor de terra abala São Paulo 66

10 O teatro está pronto: começa a
Semana de Arte Moderna de 1922 67

11 A Semana de Arte Moderna foi importante? 77

12 Despedida: breve "entrevista
imaginária" com Mário de Andrade 90

13 Vale a pena ler 92

APRE SENTA ÇÃO

© Isabela Jordani

Este livro é um convite a uma viagem no tempo. Vamos voltar uns cem anos para conhecer um dos episódios mais interessantes e polêmicos da nossa história cultural: a Semana de Arte Moderna de 1922, realizada na cidade de São Paulo.

Foi um evento ao mesmo tempo irreverente, escandaloso e sério, pois contribuiu para os rumos que a arte moderna tomou no Brasil dali para a frente. Ajudou a mudar definitivamente o jeito de se fazer literatura, o modo de escrever de poetas e prosadores.

A história desse festival está ligada não só à história do Brasil, mas também ao que acontecia na Europa. Por isso, às vezes, viajaremos para fora do nosso país.

Alguns dos participantes da Semana de Arte Moderna se tornaram nomes importantes da cultura brasileira, no campo das artes plásticas, da música e da literatura.

Mas quem são esses jovens que fizeram esses espetáculos? Por que podem ser chamados de irreverentes? Por que esse festival provocou escândalos e polêmicas?

As respostas para essas perguntas você vai saber lendo esta história.

Boa viagem!

1 O PALCO DO ESPETÁCULO

O THEATRO MUNICIPAL DE SÃO PAULO

▶ Theatro Municipal de São Paulo, em foto recente.

No palco do Theatro Municipal de São Paulo foi realizada, nos dias 13, 15 e 17 de fevereiro de 1922, a Semana de Arte Moderna. Esse evento foi uma espécie de festival artístico. Houve declamação de poesias, apresentações de música erudita, bailados, palestras sobre arte moderna. No saguão, montou-se uma exposição de esculturas e pinturas. Ao lado de figuras conhecidas das nossas artes, apresentaram-se também jovens artistas, alguns dos quais se tornariam, mais tarde, nomes importantes da nossa cultura.

O Theatro Municipal de São Paulo, até hoje um dos mais importantes teatros do país, foi

No nome oficial desse teatro, usa-se ainda a ortografia antiga, com H: *Theatro*.

RAMOS DE AZEVEDO

O teatro foi construído pelo arquiteto Ramos de Azevedo (1851-1928), responsável, aliás, por muitas residências da elite paulistana e também por famosos edifícios públicos, como o que hoje abriga a Pinacoteca do Estado de São Paulo. A praça onde se situa o Theatro Municipal leva seu nome.

inaugurado em setembro de 1911. Luxuosamente construído, impressionava quem visitava a cidade, que nessa época tinha cerca de 550 mil habitantes e crescia rapidamente.

O imponente teatro emprestava um ar de aristocracia e amor à cultura e à cidade. A classe alta precisava de um espaço só seu, onde pudesse imaginar-se na Europa, principalmente em Paris, assistindo aos espetáculos de ópera, aos concertos. E foi essa classe que pagou para comparecer à Semana de Arte Moderna, sem saber o que a esperava...

Mas qual foi o objetivo desse festival de arte? Quem o organizou? Quem participou desse evento? Que importância ele teve para o desenvolvimento da cultura brasileira? Por que ainda falamos dele, tantos anos depois? É essa a história que vamos contar neste livro. Mas para isso temos de voltar um pouco mais no tempo, para entender melhor como tudo aconteceu.

2 OS BRAÇOS QUE CONSTRUÍRAM SÃO PAULO

No começo do século XX, quem andava pelos bairros pobres da cidade de São Paulo notava rapidamente a mistura de etnias e os diferentes sotaques com que se falava o português. Imigrantes vindos de várias partes da Europa e da Ásia cruzavam-se nas ruas e disputavam um lugar ao sol na cidade que enriquecia e precisava de braços para suas

fábricas, oficinas, lojas, escritórios, construções. No interior do estado, as fazendas de café produziam boa parte dessa riqueza, que ficava nas mãos de poucas famílias. Lá também a presença de imigrantes era fundamental.

Eles começaram a chegar em massa no fim do século XIX e continuavam a chegar. Vinham substituir a mão de obra escrava e, em muitas fazendas, viviam quase como escravos. Em 1911, quando o Theatro Municipal foi inaugurado, fazia apenas 23 anos que a escravidão tinha sido oficialmente extinta (em 13 de maio de 1888). Centenas de ex-escravos e seus descendentes também andavam pelas ruas da cidade, enfrentando o racismo e lutando pela sobrevivência. Não era fácil viver em São Paulo nessa época, a não ser que você fosse de família rica.

Nesta tela de 1933, *Operários*, de Tarsila do Amaral (Óleo sobre tela, 150 x 205 cm), temos uma espécie de painel da mistura étnica em São Paulo nas primeiras décadas do século XX. São operários das fábricas e dos prédios que vemos no fundo da tela. Observe bem cada rosto que fita o espectador. De onde vêm eles? O que esperam de São Paulo? São rostos felizes?

CIDADE AINDA PROVINCIANA, MAS NÃO TÃO PACATA...

Embora estivesse em pleno desenvolvimento econômico, do ponto de vista cultural São Paulo podia ser considerada uma cidade provinciana, se comparada ao Rio de Janeiro, por exemplo, onde o ambiente artístico era muito mais dinâmico e atraía escritores e artistas de todo o país.

Em São Paulo, a desigualdade econômica provocava cada vez mais tensão social. Os contrastes entre ricos e pobres se acentuavam e as péssimas condições de moradia e trabalho dos operários se tornavam insuportáveis. Homens, mulheres e crianças trabalhavam nas fábricas sem qualquer legislação trabalhista que os amparasse. A chegada de imigrantes europeus, principalmente italianos e espanhóis, com experiência em movimentos de reivindicação, agitou o ambiente e protestos começaram a surgir.

UMA CIDADE DE CORTIÇOS E PALACETES

Em 1917, explodiu na cidade uma greve geral dos trabalhadores da indústria e do comércio, envolvendo cerca de 70 mil trabalhadores. Nos conflitos de rua, a polícia matou um operário, o que só intensificou o movimento.

Operários do Cotonifício Rodolfo Crespi, no bairro da Mooca, em São Paulo. Observe a quantidade de mulheres e crianças que trabalhavam nessa grande empresa. A exploração do trabalho infantil e feminino era uma realidade não só no Brasil, mas também em praticamente todos os países que se industrializavam.

Marcha de grevistas em 1917.

No começo de junho de 1917, teve início a greve, primeiro entre os operários da empresa Cotonifício Rodolfo Crespi, no bairro da Mooca. Além da reivindicação salarial, os operários protestavam contra a violência e os maus-tratos que havia no ambiente de trabalho. Reivindicavam também a redução da jornada de trabalho (que podia chegar a 14 ou 16 horas), a proibição do trabalho infantil (crianças eram empregadas no lugar de adultos porque o salário delas era menor) e a proibição do trabalho feminino à noite.

Ao longo do mês de junho, operários de outras fábricas, oficinas e indústrias aderiram ao movimento. O comércio foi afetado e o abastecimento de gêneros alimentícios entrou em crise. A cidade parou. O movimento grevista se expandiu para outros estados, formando uma greve geral, a primeira da história do Brasil. Depois de uma negociação difícil, foi somente no meio de julho que a greve terminou, com a conquista de algumas reivindicações. Mas o mais importante foi o despertar de uma consciência de classe, que permitiu, com o tempo, a criação e o fortalecimento de entidades representativas dos diversos setores de trabalho.

3
NA EUROPA, OS HORRORES DA GUERRA

Nesse período, a Europa estava sendo devastada pela Primeira Guerra Mundial, que durou de 1914 a 1918. A carnificina era impressionante, e o saldo final foi trágico: cerca de 17 milhões de soldados e civis morreram. Foi uma guerra com muitas inovações tecnológicas que promoveram uma grande matança. Nessa guerra, usaram-se, pela primeira vez, granadas, metralhadoras, lança-chamas, tanques e as terríveis armas que lançavam gases venenosos.

Nesta tela, o pintor John Singer Sargent (1856-1925) mostra o sofrimento dos soldados que foram vítimas dos gases venenosos.

John Singer Sargent. *Gaseados*, 1918.
Óleo sobre tela, 26,6 x 69,1 cm.

© Christie's Images/Bridgeman Images/
Keystone Brasil - Coleção particular

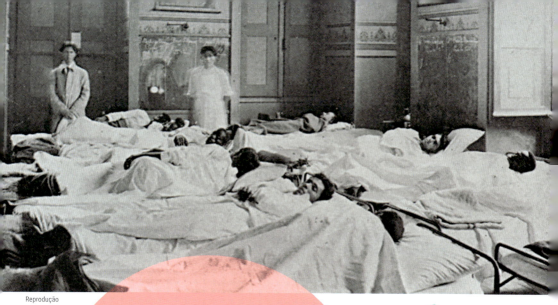

A gripe espanhola no Brasil.

UMA EPIDEMIA TERRÍVEL
A GRIPE ESPANHOLA

Para piorar a situação, no último ano da guerra surgiu a terrível gripe espanhola, que de janeiro de 1918 a dezembro de 1920 fez cerca de 50 milhões de vítimas em todo o mundo. O Brasil também sofreu com essa epidemia e teve milhares de mortos.

Em 15 de outubro de 1918, a imprensa carioca noticiava o horror da pandemia.

Alberto Santos-Dumont, que tinha amizade com jovens escritores modernistas, viu o avião ser usado duas vezes como arma destrutiva sobre São Paulo: no bombardeio de forças do governo contra a revolta militar dos tenentes paulistas, em julho de 1924, e nos combates entre as forças paulistas que lutaram contra o autoritarismo do presidente Vargas e as tropas dos estados leais ao presidente, em julho de 1932, mês em que Santos-Dumont pôs fim à vida.

O AVIÃO, UMA NOVA ARMA DESTRUTIVA

Foi na Primeira Guerra Mundial que o avião, pela primeira vez, foi usado para despejar bombas. Inventado nos últimos anos do século XIX e saudado como um grande avanço civilizatório, o avião tinha sido aperfeiçoado e era agora transformado em temível arma de guerra. O brasileiro Alberto Santos-Dumont (1873-1932), pioneiro no desenvolvimento da aeronáutica, sentiu-se terrivelmente angustiado com o uso destrutivo do avião. E essa angústia piorou com o passar dos anos, à medida que o avião era cada vez mais usado em guerras e conflitos para matar e destruir. Essa perturbação emocional pode estar na origem do seu suicídio, no dia 23 de julho de 1932, num quarto de hotel na cidade do Guarujá, no litoral de São Paulo.

4 AS REVOLUÇÕES ARTÍSTICAS QUE AGITAVAM A EUROPA

Na Europa, esses tumultuados anos iniciais do século XX também repercutiram nas artes em geral, principalmente na pintura e na escultura. O **impressionismo**, que vinha da segunda metade do século XIX, continuou presente. Surgiram outros movimentos, como o **expressionismo**, o **futurismo** e o **cubismo**, que estão na origem da arte moderna. Artistas brasileiros que viajavam à Europa voltavam com as novidades e ajudaram a criar um ambiente propício às mudanças. Veja as características principais desses quatro movimentos artísticos.

Claude Monet. *Impressão: sol nascente*, 1872. Óleo sobre tela, 48 × 63 cm.

Auguste Renoir. *Chemin montant dans les hautes herbes*. (Ladeira de grama alta) 1875. Óleo sobre tela, 60 × 74 cm.

IMPRESSIONISMO
UM NOVO OLHAR SOBRE A NATUREZA

Fascinados pelos efeitos da luz solar sobre a realidade visível, os impressionistas buscavam representar na tela o que o olhar captava num certo momento de observação. Preferiam pintar ao ar livre, sem se preocupar com a perfeição do desenho ou dos contornos. Procuravam reproduzir o modo como a luz do Sol incidia sobre os campos, as águas, as pessoas. Afastavam-se assim do estilo acadêmico que queria fazer do quadro uma fotografia da realidade.

O EXPRESSIONISMO
A ARTE COMO INTENSA EXPRESSÃO EMOCIONAL

Contrariamente aos impressionistas, que olhavam para fora, os expressionistas voltaram-se para dentro de si mesmos para representar suas emoções mais fundas, seus medos e suas angústias, por meio da distorção violenta do desenho, da cor forte e do traço exagerado. Até a pintura da natureza é carregada de emoção, como se exprimisse o estado emocional do artista. Os pintores Vincent Van Gogh (1853-1890) e Edvard Munch (1863-1944) podem ser apontados como precursores do expressionismo.

Vincent Van Gogh. *A noite estrelada*, 1889. Óleo sobre tela, 73,7 x 92,1 cm.

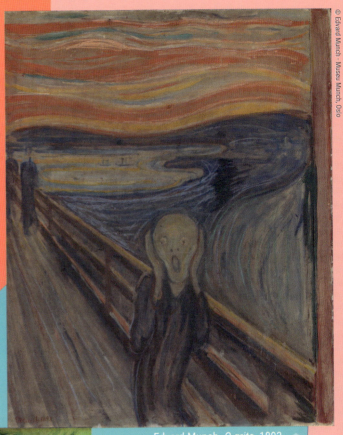

Edvard Munch. *O grito*, 1893. Têmpera e giz de cera sobre cartão, 91 x 73,5 cm.

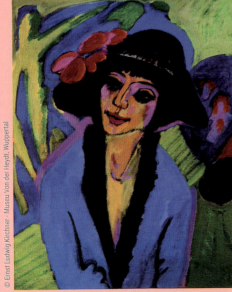

Ernst Kirchner. *Retrato de Gerda*, 1914, óleo sobre tela, 70 x 57 cm.

▲ Erich Heckel. *Moinho perto de Dangast*, 1910. Óleo sobre tela, 70,5 × 80,5 cm.

Esse movimento teve ampla repercussão no mundo artístico, abrangendo não só a pintura, mas também a literatura, o cinema e a fotografia. Adquiriu características diversas ao longo do tempo, mas é sempre marcado por uma intensa dramaticidade e uma liberdade absoluta no uso das cores.

O CUBISMO
A REALIDADE GEOMETRIZADA

Estilo criado em 1907 pelo espanhol Pablo Picasso e pelo francês Georges Braque. É uma forma revolucionária de representar a realidade. Há o abandono da perspectiva, quebrando-se totalmente a ilusão de realidade do quadro. Os elementos do quadro são estilizados em formas geométricas, inclusive o corpo humano. O artista também procura dar simultaneamente várias visões de um mesmo tema, tomadas de diferentes ângulos, o que provoca um forte efeito de estranhamento.

◄ Pablo Picasso. *Menina com bandolim*, 1910. Óleo sobre tela tela, 100,3 x 73,6 cm.

O FUTURISMO
A FASCINAÇÃO PELO MOVIMENTO

O futurismo foi um movimento artístico iniciado em 1909, na Itália, e que depois se estendeu a outros países. Os futuristas negavam a arte do passado, julgada por eles irremediavelmente morta, e se empolgavam com as conquistas tecnológicas que mudavam a face do mundo, com o dinamismo e a velocidade da era moderna, cujos símbolos eram o avião e o automóvel. Nas artes plásticas, exploraram as possibilidades de reproduzir visualmente o movimento. Na literatura, pregavam o verso livre, as "palavras em liberdade", a associação livre de ideias, sem preocupação com a pontuação ou com a métrica.

© Luigi Russolo - Museu Nacional de Arte Moderna, Centro Georges Pompidou

Filippo Tommaso Marinetti, 1876-1944, líder do futurismo. Esteve no Brasil em 1926 e, em suas palestras sobre a nova estética, atraiu sempre um grande público, composto principalmente por escritores e intelectuais.

"Tendo a literatura até aqui enaltecido a imobilidade pensativa, o êxtase e o sono, nós queremos exaltar o movimento agressivo, a insônia febril, o passo ginástico, o salto perigoso, a bofetada e o soco."

Luigi Russolo. *Dinamismo de um automóvel,* 1911. Óleo sobre tela, 139 × 184 cm. O automóvel deforma o espaço com sua velocidade, uma tela que simboliza bem a ideia futurista de arte.

Umberto Boccioni. *Formas únicas na continuidade no espaço,* 1913. Bronze, 121,3 × 88,9 × 40 cm. Um corpo parece enfrentar o vento contrário em sua caminhada para a frente. A escultura concentra três aspectos fundamentais do Futurismo: velocidade, força e movimento.

UMA RUPTURA VIOLENTA COM O CONCEITO TRADICIONAL DE ARTE

Como vemos, todos esses movimentos artísticos inovadores, que abalaram a tradicional arte acadêmica e provocaram violentas reações de repúdio e muitas polêmicas, têm em comum a defesa da plena liberdade de criação e de pesquisa estética. Os artistas buscaram e experimentaram novas formas de linguagem para expressar um mundo absolutamente novo, marcado por constantes avanços tecnológicos e por novas formas de arte visual, como a fotografia e o cinema, por exemplo.

Isso não significa que os estilos tradicionais deixaram de existir. Na verdade, eles passaram a coexistir. Mas uma grande contribuição dessas revoluções artísticas foi a afirmação de que não há um só e inquestionável conceito de arte. A partir do início do século XX, e vindo até hoje, o conceito de arte se tornou cada vez mais abrangente, para cobrir uma variedade incrível de criações.

5 ENQUANTO ISSO, EM SÃO PAULO...

Por esse breve apanhado, podemos ter uma ideia do contexto em que surgiram as primeiras ideias de revolução artística que culminariam com a Semana de Arte Moderna de 1922, um evento que reuniu artistas e escritores de diferentes tendências, unidos, naquele momento, contra a arte tradicionalista.

Nas duas primeiras décadas do século XX, começava a haver um crescente interesse por exposições de arte na cidade de São Paulo, atraindo artistas que percebiam o potencial econômico da sociedade paulistana na compra de obras. E isso ajudava a estimular a circulação e o debate de ideias sobre arte.

Mas qual era o panorama literário? Muito desanimador. Na poesia, continuava-se a usar uma linguagem do século XIX, o estilo rebuscado do Parnasianismo, que valorizava as palavras raras, os versos bem rimados, seguindo rigorosamente a métrica tradicional. A forma da poesia era a grande preocupação dos poetas, mais importante do que o próprio conteúdo, geralmente repetitivo e desinteressante, distante da vida dinâmica que agitava a era moderna. Alguns anos depois, o modernista Oswald de Andrade (1890-1954) escreveria, ironicamente: "Só não se inventou uma máquina de fazer versos — já havia o poeta parnasiano.".

> **Oswald:** apesar da escrita inglesa, ele sempre insistiu em que se pronunciasse "Oswáld".

Alguns poetas parnasianos, como Olavo Bilac (1865-1918), ainda eram muito festejados e imitados. Escrever poesia era, sobretudo, escrever "difícil", empregar termos e construções raras, polir a linguagem para que brilhasse como uma joia. Leia, por exemplo, estes versos de Bilac em que ele expressa essa concepção do poeta isolado da sociedade, trancado na sua "cela" como se fosse um monge beneditino a trabalhar nos seus versos como um joalheiro.

Longe do estéril turbilhão da rua,

Beneditino, escreve! No aconchego

Do claustro, no silêncio e no sossego,

Trabalha, e teima, e lima, e sofre, e sua!

© Weberson Santiago

Na prosa (romance e conto), a situação não era melhor. O Brasil moderno e real estava praticamente ausente, não se fazia uma leitura crítica da vida social brasileira. Aliás, com poucas exceções, esse era o panorama geral da literatura no Brasil, e não apenas em São Paulo.

30

O LIVRO COMO CULTURA E COMÉRCIO

Em São Paulo, destacou-se um empresário de visão moderna: Monteiro Lobato, que, em 1918, fundou uma editora e começou a modernizar não só a aparência dos livros, com projetos gráficos artísticos e coloridos, mas principalmente os meios de divulgação e distribuição necessários para fazer com que eles chegassem aos leitores dos mais longínquos lugares. Foi um sucesso de vendas e difusão cultural. Sua ousadia e criatividade o transformaram no mais bem-sucedido editor do período. Lobato começou a mudar a história do livro no Brasil.

Monteiro Lobato (1882-1948) foi um editor preocupado com os rumos da cultura no Brasil. É dele a famosa frase: "Um país se faz com homens e livros".

6 MANIFESTAÇÕES MODERNISTAS EM SÃO PAULO ANTES DA SEMANA DE 1922

Ainda que se reconhecesse a necessidade de uma renovação da nossa literatura, nem todos viam com bons olhos as novidades que começavam a circular entre os escritores mais jovens, influenciados pelos movimentos de vanguarda que agitavam a Europa desde o final do século XIX.

Pouco a pouco, começaram a se formar grupos de escritores que, embora sem uma consciência clara do que desejavam, sentiam que era preciso agitar o ambiente artístico e arejar a literatura, ainda muito presa ao passado. Vendo na Academia Brasileira de Letras, fundada em 1897, uma espécie de representação oficial da literatura tradicional, os jovens escritores passaram a atacá-la, erguendo contra ela a bandeira da renovação e da modernidade.

MODERNISTAS E FUTURISTAS?

Nessa época, a palavra "modernista" ainda não era corrente. O termo "futurista" passou a ser mais usado para designar um artista ou escritor com ideias modernas. Embora não concordassem inteiramente com as ideias de Marinetti, muitos escritores modernistas de São Paulo aceitaram esse "rótulo" apenas para marcar posição no ambiente literário.

Assim, ser "futurista" era ser contrário à arte acadêmica e passadista, era ser adepto de ideias ousadas e inovadoras. Mas, para os tradicionalistas, ser futurista era, no mínimo, ser extravagante...

UMA JOVEM PINTORA VOLTA AO BRASIL E TRAZ A ARTE MODERNA NA BAGAGEM

Em 1910, aos 21 anos, a jovem pintora paulistana Anita Malfatti viajou à Alemanha para melhorar sua formação artística. Não era de família rica; ao contrário, seu pai, Samuel Malfatti, italiano, havia falecido em 1901, quando ela tinha apenas 12 anos, e sua mãe viúva, Eleonora Elizabeth Krug, americana descendente de

> O **Instituto Presbiteriano Mackenzie** foi fundado na cidade de São Paulo por um casal de missionários norte-americanos, em 1870, com cursos para meninos e meninas. Com o passar dos anos foi ampliando suas instalações e aumentando a oferta de cursos. Em 1896, foi criada a Escola de Engenharia Mackenzie. Mais tarde, outros cursos de nível superior foram criados e, atualmente, há várias unidades do Mackenzie em outras cidades, além de São Paulo.

alemães, trabalhava no colégio Mackenzie como professora de inglês e desenho para sustentar a família, pois Anita tinha um irmão mais velho, Alexandre, e uma irmã menor, Giorgina. Aliás, Anita estudou nesse colégio e, anos mais tarde, também trabalhou lá por algum tempo, dando aulas de desenho para crianças.

Anita sempre sonhava em aperfeiçoar seus estudos de pintura na Europa, mas, por causa das dificuldades econômicas, achava que seria impossível fazer essa viagem. Mas, felizmente, seu tio Jorge Krug, irmão de sua mãe, prontificou-se a pagar as despesas. Assim, Anita conseguiu viajar à Alemanha, em 1910, e realizar seu sonho. Viajou com uma senhora que levava as filhas para estudarem música naquele país.

Ela voltou ao Brasil em 1914. Tinha visto tanta coisa nova e interessante na Europa! Conheceu obras de pintores expressionistas, viu muitas exposições de arte moderna, descobriu Van Gogh, empolgou-se com a liberdade no uso das cores. E, mal retornou ao Brasil, já morria de vontade de poder voltar logo para lá e aprender ainda mais. Mas com que dinheiro?

Pensou então em tentar uma bolsa de estudos junto ao Pensionato Artístico de São Paulo, uma instituição que ajudava jovens artistas a estudar no exterior. Fez uma exposição aberta ao público em 1914 para mostrar seus trabalhos, mas o início da guerra na Europa cancelou essa oportunidade de obter uma bolsa para viajar. No entanto, seu tio viu o esforço que a sobrinha estava fazendo e decidiu bancar mais uma viagem de estudos. E lá foi Anita aos Estados Unidos, terra natal de sua mãe.

Ficou por lá em 1915 e 1916, fazendo vários cursos de arte. Foi num desses cursos que teve a experiência de pintar ao ar livre, de dar livre expansão à sua criatividade no desenho e no uso das cores. Assim descreveu ela o seu entusiasmo:

Anita Malfatti em 1912, com 23 anos, quando estudava na Alemanha.

"Sempre pintávamos ao ar livre, no meio do vento, envoltos em neblina, no sol, na chuvarada, sem poder perceber se meio metro adiante havia algum despenhadeiro terrível (...). "Eu estava em pleno idílio pictórico. Vivia calma e feliz em meu trabalho."

Voltou empolgada ao Brasil, trazendo na bagagem muitos quadros e uma esperança: tornar-se uma artista reconhecida. Estava com 27 anos.

UMA EXPERIÊNCIA IMPRESSIONANTE NA ADOLESCÊNCIA

Quando olhava para trás, Anita lembrava-se das dificuldades de sua infância e adolescência. Havia nascido com uma atrofia na mão e no braço direitos. Em 1892, com 3 anos, foi à Itália, terra natal de seu pai, para se submeter a uma operação que pudesse corrigir o problema. Mas o sucesso foi apenas parcial e Anita teve de aprender a usar a mão esquerda. Os movimentos com a mão direita ficaram comprometidos para sempre. A mãe foi sua primeira professora de desenho.

Aos 12 anos passou por um baque profundo: a morte do pai. Os problemas aumentaram e as incertezas com relação ao futuro a deixaram angustiada. Deveria seguir a carreira artística? Teria talento suficiente? O que faria da vida? Aos 13 anos, tomou uma decisão absolutamente inesperada, secreta e perigosíssima. Muitos anos depois, em 1951, numa palestra na Pinacoteca do Estado de São Paulo, ela contou esse episódio.

"Eu tinha 13 anos. E sofria porque não sabia que rumo tomar na vida. Nada ainda me revelara o fundo da minha sensibilidade [...] Resolvi, então, me submeter a uma estranha experiência: sofrer a sensação absorvente da morte. Achava que uma forte emoção, que me aproximasse violentamente do perigo, me daria a decifração definitiva da minha personalidade. E veja o que fiz. Nossa casa ficava perto da estação da Barra Funda. Um dia saí de casa, amarrei fortemente as minhas tranças de menina, deitei-me debaixo dos dormentes e esperei o trem passar por cima de mim. Foi uma coisa horrível, indescritível! O barulho ensurdecedor, a deslocação de ar, a temperatura asfixiante deram-me uma impressão de delírio e de loucura. E eu via cores, cores e cores riscando o espaço, cores que eu desejaria fixar para sempre na retina assombrada. Foi a revelação: voltei decidida a me dedicar à pintura."

UMA EXPOSIÇÃO QUE MARCOU A HISTÓRIA DO MODERNISMO

Em 1916, quando voltou ao Brasil e mostrou à família as telas que tinha feito, ficou chocada com a reação. Acharam que eram feias, grosseiras, principalmente seu tio George, que tinha pagado os custos da viagem. Anita guardou as telas, decepcionada. Mas retomou seu trabalho.

São Paulo em 1916. Na praça da Sé, no centro da cidade, surgem os primeiros automóveis, que vão conviver por algum tempo com carroças puxadas por animais.

© Aurélio Becherini/Estadão Conteúdo

▲ Di Cavalcanti (1897-1976)

Anita contou que, depois, alguns jornalistas e amigos pediram para ver essas obras criticadas e a reação deles foi bem diferente. Entusiasmaram-se com elas e insistiram para que ela fizesse uma exposição. Um desses jornalistas era o jovem desenhista e caricaturista carioca Di Cavalcanti, com 20 anos, que estava trabalhando em São Paulo. Anita resolveu então fazer uma exposição com trabalhos seus e de outros três colegas com quem tinha estudado nos Estados Unidos. Quis expor também alguns quadros que tinha produzido depois de sua volta a São Paulo.

E assim foi. No fim da tarde do dia 12 de dezembro de 1917, aos 28 anos, completados dez dias antes, Anita abria a exposição chamada "Exposição de Pintura Moderna", no centro de São Paulo. A exposição ficaria aberta até o dia 11 de janeiro de 1918 e contou com boa divulgação na imprensa. Figuras importantes da sociedade e do mundo das artes estiveram presentes. Quem esteve por lá também, aliás, foi a pintora Tarsila do Amaral (1886-1973), que, mais tarde, viria a ser amiga de Anita Malfatti.

Foram expostos alguns dos quadros que ficariam famosos na nossa história da arte. Os artistas jovens que lá estiveram, gostaram muito. Mas o público tradicionalista ficou decepcionado. Esperava uma arte naturalista, quadros como fotografias da realidade, conforme a velha tradição acadêmica, e não aquelas cores fortes, pinceladas grossas, sem atenção aos detalhes ou aos contornos. A maioria das pinturas trazia a marca do expressionismo que tanto tinha empolgado Anita em suas viagens de estudo. Veja algumas das telas exibidas nessa exposição.

1. *O homem amarelo*, 61 × 51 cm.
2. *A mulher de cabelos verdes*, 61 × 51 cm.
3. *O homem de sete cores*, 45 × 60,7 cm.
4. *A estudante russa*, 76 × 61 cm.

As 4 obras acima são de Anita Malfatti, produzidas entre 1915 e 1916 em óleo sobre tela, com exceção da pintura 4, feita em carvão e pastel sobre papel.

Mas os quadros pintados por Anita em São Paulo, após o regresso dos Estados Unidos, eram diferentes daqueles que causaram um certo escândalo. Eram várias telas com temas brasileiros e a linguagem, embora moderna, não revelava aquele radicalismo experimental do expressionismo ou cubismo. Era como se a pintora estivesse revendo suas posições a respeito da arte moderna. Os títulos de alguns quadros já nos dão uma ideia da temática nacionalista: "Caboclinha", "A Índia", "A palmeira". É o caso também da tela "Tropical", em que Anita desenvolve um tema nacional bem ao gosto da época, com elementos tipicamente brasileiros, e sem os exageros de distorção do desenho que vemos nos quadros produzidos no exterior.

Anita Malfatti. *Tropical*, 1916. Óleo sobre tela, 77 x 102 cm.

UMA VISITA ESTRANHA...

Entre os visitantes da exposição, estava Mário de Andrade (1893-1945), que ela não conhecia. Foi uma visita meio estranha. Conta Anita: "Num sábado, chegaram dois rapazes numa chuvarada. Começaram a rir a toda e um deles então não parava. Eu fiquei furiosa e pedi satisfação. Quanto mais eu zangava, mais o tal não se continha. Afinal meio que sossegou e ao sair apresentou-se: 'Sou o poeta Mário Sobral'. Dias depois muito sério se despede e me oferece um soneto parnasiano sobre [a tela] *O homem amarelo*".

Qual teria sido o motivo do riso descontrolado de Mário de Andrade? Será que ele estava pensando na reação que muitas pessoas teriam diante daquele quadro? O que sabemos é que, mais tarde, ele acabou comprando a tela *O homem amarelo* e se tornou muito amigo de Anita.

A CRÍTICA DE MONTEIRO LOBATO: "PARANOIA OU MISTIFICAÇÃO?"

Essa exposição acabou tendo muita repercussão na história do Modernismo por causa da crítica feita por Monteiro Lobato, no jornal *O Estado de S. Paulo*.

▲ Monteiro Lobato

A polêmica criada em torno disso projetou o nome de Anita Malfatti de um modo como ela nem imaginava, para o bem e para o mal.

O artigo de Lobato, publicado em 20 de dezembro, tinha o título: "A propósito da Exposição Malfatti". Era um longo artigo, que começava com uma introdução em que Lobato, o crítico de arte mais conhecido e influente da cidade, comentava de forma sarcástica as novas tendências artísticas que nos chegavam da Europa. Para ele, "todas as artes são regidas por princípios imutáveis, leis fundamentais que não dependem do tempo nem da latitude". Essas "leis", dizia ele, estavam presentes nas obras dos grandes mestres, artistas consagrados como Michelangelo, Rafael, Rembrandt, entre outros. Sair disso era sair do campo da arte e entrar no campo da mistificação, era querer enganar os ingênuos, tentar fazer o público de bobo. E, se não houvesse essa intenção, era porque o artista não enxergava direito, não via a realidade tal como ela se apresentava aos olhos. Seria então "paranoia". Por causa desses comentários, esse artigo ficou conhecido com o título de "Paranoia ou mistificação".

Comentando depois especificamente a obra de Anita Malfatti, Lobato reconheceu nela "um talento vigoroso, fora do comum". Por isso, dizia que a artista estava desperdiçando sua energia nessas "modas" modernas, que não representavam a verdadeira arte que atravessava os tempos. Escreveu Lobato: "Sejamos sinceros: futurismo, cubismo, impressionismo e *tutti quanti* não passam de outros tantos ramos da arte caricatural. É a extensão da caricatura a regiões onde não havia até agora penetrado".

tutti quanti: expressão italiana que significa "e todas as outras", isto é, todas as demais tendências modernas.

Fica claro, portanto, que a crítica de Lobato não se dirigiu à artista em si, ao seu talento, mas às tendências que se espalhavam entre os jovens artistas que, segundo ele, eram exploradas pela propaganda para enganar os ingênuos. Por isso, segundo Lobato, a decepção do público nessas exposições de arte moderna: "A fisionomia de quem sai de uma dessas exposições é das mais sugestivas. Nenhuma impressão de prazer, ou de beleza, denunciam as caras; em todas, porém, se lê o desapontamento de quem está incerto, duvidoso de si próprio e dos outros, incapaz de raciocinar, e muito desconfiado de que o mistificam habilmente".

REPERCUSSÃO DA CRÍTICA DE MONTEIRO LOBATO

É claro que esses comentários negativos de Lobato causaram repercussão e perturbaram a artista. Afinal, ele era um respeitado crítico de arte e Anita Malfatti sabia avaliar o peso de seus comentários.

No projeto nacionalista defendido por Lobato para resgatar a autêntica cultura brasileira e livrá-la do que considerava seu grande mal — a imitação servil das modas estrangeiras — parecia não haver espaço para a aceitação desses novos estilos que, em nome da modernidade, rompiam radicalmente com as consagradas formas de expressão dos grandes mestres. Além disso, achava que isso não contribuiria para a criação de uma verdadeira arte nacional nem ajudaria a formar um público mais interessado por arte.

Almeida Júnior. *Moça com livro*, 1880. Óleo sobre tela, 50 × 61 cm

© Almeida Júnior - Museu de Arte de São Paulo Assis Chateaubriand, São Paulo

Portanto, a concepção de pintura defendida por Lobato contrastava violentamente com aquilo que se via nas obras expressionistas de Anita. Podemos ter uma ideia desse contraste comparando o quadro *Moça com livro*, de Almeida Júnior (1850-1899), pintor elogiado e admirado por Lobato, com uma tela de Anita Malfatti.

POR OUTRO LADO...

Mas essa mesma crítica acabou aproximando Anita Malfatti de um grupo de jovens artistas, os quais se uniram em defesa dos novos estilos. A importância do "caso Malfatti" foi confirmada, mais tarde, por Mário de Andrade, um dos principais nomes do Modernismo: "Foi ela, foram seus quadros que nos deram uma primeira consciência de revolta e de coletividade

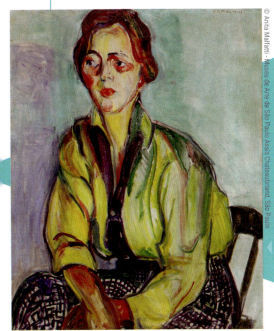

Anita Malfatti.
A estudante, 1916. Óleo sobre tela, 76,5 × 61 cm.

em luta pela modernização das artes brasileiras". A crítica da Lobato acabou fazendo de Anita uma espécie de "mártir" do início do Modernismo. De certa maneira, podemos dizer que a revolução modernista começou a tomar corpo em 1917, a partir da exposição de Anita Malfatti.

Escrevendo um artigo sobre o encerramento da exposição, Oswald de Andrade manifestou-se a favor de Anita, no *Jornal do Comércio* de 11 de janeiro de 1918. Era uma espécie de resposta ao artigo escrito por Lobato. Em certo trecho, disse ele: "[...] a vibrante artista não temeu levantar com os cinquenta trabalhos as mais irritadas opiniões e as mais contrariantes hostilidades. Era natural que elas surgissem no acanhamento da nossa vida artística. A impressão inicial que produzem os seus quadros é de originalidade e de diferente visão. As suas telas chocam o preconceito fotográfico que geralmente se leva no espírito para as nossas exposições de pintura".

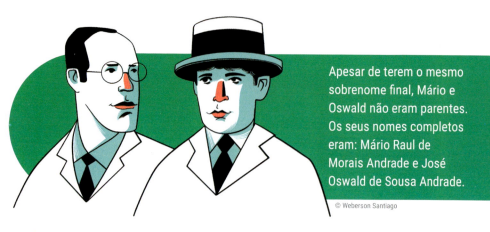

Apesar de terem o mesmo sobrenome final, Mário e Oswald não eram parentes. Os seus nomes completos eram: Mário Raul de Morais Andrade e José Oswald de Sousa Andrade.

© Weberson Santiago

Pedro Alexandrino. *Flores e doces*, 1889. Óleo sobre tela, 87 x 115 cm.

MAS E AS OUTRAS OBRAS DA EXPOSIÇÃO?

É interessante observar que Lobato não comentou os quadros de estilo mais tradicional e de temática brasileira que Anita exibiu em 1917. Só teve olhos para as telas expressionistas. Os modernistas também não comentaram essas obras, fixando-se apenas nas obras mais claramente expressionistas, que provocaram as polêmicas. Na verdade, para eles, era preciso "esquecer" as outras obras para fazer de Anita um símbolo da renovação.

Quando Anita, poucos anos depois, apresentou uma mudança em seu estilo, retomando uma certa ordem tradicional, essa transformação foi explicada como efeito da crítica de Lobato. Mas essa mudança já estava, de certa maneira, insinuada nas obras que ela havia feito no Brasil, antes da exposição de dezembro de 1917. Essa transformação seria talvez influência do clima nacionalista que dominava o ambiente artístico da época.

É importante destacar também que esse "retorno à ordem" possivelmente foi o que levou Anita Malfatti, em 1919, a ter aulas de desenho com Pedro Alexandrino (que, aliás, visitou a exposição de Anita), o famoso e respeitado pintor naturalista, consagrado como especialista em naturezas-mortas por sua perfeição no desenho e no colorido. E não foi só ela, aliás, que teve aulas com Pedro Alexandrino, mas também Tarsila do Amaral, outra artista que deixaria seu nome como uma das introdutoras da arte moderna no Brasil. Foi nessas aulas que as duas se tornaram amigas.

MONTEIRO LOBATO E OS MODERNISTAS

Lobato tinha amizade com os jovens artistas modernistas, embora fosse uma geração mais velho, e essa crítica à exposição de 1917 não chegou a ser motivo de ruptura de amizade entre eles. Houve protestos, é claro, mas Lobato tinha dito o que alguns outros críticos disseram naquela época. Sua opinião não foi uma novidade. Mas a linguagem sarcástica e o tom irônico, típicos de Lobato, talvez tenham chocado mais do que as próprias ideias que ele expôs. Ainda assim nada de mais grave aconteceu. Poucos anos depois, escritores do grupo modernista como Oswald de Andrade e Menotti Del Picchia, por exemplo, foram publicados pela editora de Lobato, e artistas como Di Cavalcanti e a própria Anita Malfatti fizeram capas para os livros.

Picchia: Nome italiano que se pronuncia "Píquia".

Capas de Anita Malfatti para dois livros da editora de Monteiro Lobato, ambos lançados em 1922, de autores modernistas.

Capa de *Fantoches da meia-noite*, livro ilustrado de Di Cavalcanti, publicado pela editora de Monteiro Lobato.

A "DESCOBERTA" DO ESCULTOR VICTOR BRECHERET

O escultor Victor Brecheret na década de 1920.

O escultor ítalo-brasileiro Victor Brecheret (1894-1955) tornou-se o segundo artista de destaque nesse período inicial do Modernismo. Ele tinha 9 anos de idade quando sua família emigrou para o Brasil, fixando-se em São Paulo, onde já havia uma grande presença de imigrantes italianos.

Estudou arte no Liceu de Artes e Ofícios de São Paulo em 1912 e 1913. Em seguida, viajou à Itália para completar sua formação,

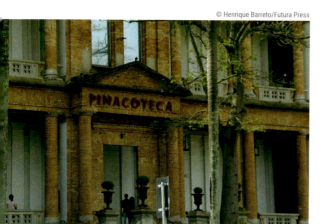

Fachada da Pinacoteca do Estado de São Paulo, antiga sede do Liceu de Artes e Ofícios, onde Brecheret estudou.

onde ficou até 1919. E em Roma, em 1916, com 22 anos, ganhou o primeiro prêmio da Exposição Internacional de Belas-Artes com a escultura "Despertar".

Em 1919, voltou a São Paulo e conseguiu do arquiteto Ramos de Azevedo, diretor do Liceu de Artes e Ofícios, um dos salões desocupados do Palácio das Indústrias, no parque D. Pedro II, centro da cidade, para montar seu estúdio e lá ficou trabalhando, sozinho. Nesse local foi "descoberto" por acaso por alguns modernistas, entre eles, Di Cavalcanti, Menotti Del Picchia, Oswald de Andrade, que logo se entusiasmaram com suas obras. Embora não fosse um revolucionário, suas esculturas não seguiam exatamente a arte tradicional. Tinham vida interior, eram expressivas. Brecheret logo transformou-se num ídolo do grupo modernista. Muitos anos depois, em 1942, Mário de Andrade escreveu: "Porque Victor Brecheret, para nós, era no mínimo gênio. Este era o mínimo com que podíamos nos contentar, tais os entusiasmos a que ele nos sacudia".

Até Monteiro Lobato, que em 1917 parecia ser um crítico intransigente da arte moderna, elogiou e se entusiasmou com o jovem Brecheret. O que mostra, na verdade, que Lobato não era propriamente contra a modernização da arte, e sim contra certas tendências da arte dita moderna.

Victor Brecheret, *Monumento às Bandeiras*, 1953. Situado próximo ao Parque Ibirapuera, na capital paulista, é um dos maiores conjuntos escultóricos do mundo, com 37 figuras, cerca de 50 metros de comprimento, 12 metros de altura e 15 metros de largura. É feito de 240 blocos de granito, de 50 toneladas cada um.

Em 1921, Brecheret recebeu uma bolsa de estudos do governo de São Paulo e foi a Paris, onde sua obra "Templo da minha raça" recebeu um prêmio no Salão de Outono nesse mesmo ano. Esse reconhecimento internacional fez seus admiradores paulistanos delirarem. Era a vitória da arte moderna. Menotti Del Picchia escreveu, entusiasmado: "É a consagração do grupo novo. É a morte da velharia, do arcaísmo, do mau gosto".

MONUMENTO ÀS BANDEIRAS

Com a aproximação dos festejos do centenário da independência do Brasil, o governo do Estado resolveu fazer uma homenagem também aos bandeirantes paulistas, por sua contribuição ao desenvolvimento do país. Brecheret foi escolhido para criar um imenso "Monumento às Bandeiras".

BANDEIRANTES: HERÓIS OU VILÕES?

Atualmente, o sentido dessa homenagem vem sendo contestado, pois exalta a ação violenta dos bandeirantes que, em suas investidas pelo interior, nos séculos XVII e XVIII, promoveram grande matança e escravização de indígenas.

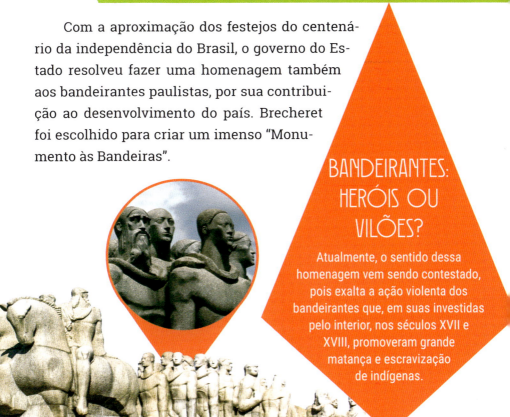

Sua maquete foi aprovada entusiasticamente. Mas, por uma série de problemas políticos, a confecção do monumento enfrentou várias dificuldades e ele só ficou pronto em 1953, sendo inaugurado em 1954, na comemoração do 5º centenário da fundação de São Paulo. De qualquer modo, o nome de Brecheret ficou intimamente ligado à história da cidade que ele tinha escolhido para viver e na qual há muitas obras suas em lugares públicos.

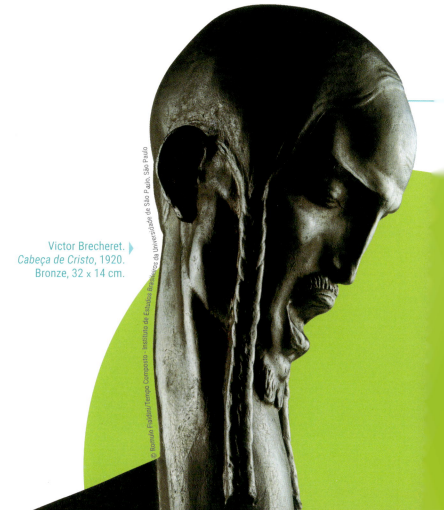

Victor Brecheret. *Cabeça de Cristo*, 1920. Bronze, 32 x 14 cm.

BRECHERET E O
"ESTOURO"
POÉTICO
DE MÁRIO DE ANDRADE:
PAULICEIA DESVAIRADA

Mário de Andrade, entusiasmado com as obras de Brecheret, conseguiu comprar uma delas, "Cabeça de Cristo". Mas a reação da família e dos conhecidos não foi o que ele esperava. Muitos anos depois, em 1942, Mário contou o que aconteceu.

"[...] a notícia correu num átimo, e parentada que morava pegado, invadiu a casa para ver. E pra brigar. Berravam, berravam. Aquilo era até pecado mortal!... Onde se viu Cristo de trancinha! Era feio! Era medonho! Maria Luisa, vosso filho é um 'perdido' mesmo. Fiquei alucinado, palavra de honra... Depois subi para o meu quarto, era noitinha... Não sei o que me deu. Fui até a escrivaninha, abri um caderno, escrevi o título em que jamais pensara, *Pauliceia desvairada*. O estouro chegara afinal, depois de quase um ano de angústias interrogativas... em pouco mais de uma semana estava jogado no papel um canto bárbaro, duas vezes maior talvez que isso que o trabalho de arte deu um livro."

Escrito entre dezembro de 1920 e dezembro de 1921, nascia assim um dos livros mais representativos da revolução estética proposta pelos modernistas. O episódio da *Cabeça de Cristo* de Brecheret fora a gota d'água de uma situação familiar estressante, com conflitos religiosos.

A cidade de São Paulo, também chamada de "Pauliceia" pelos paulistanos, é o motivo central desse livro de Mário de Andrade, que, em versos livres, sem preocupação com esquemas de rimas ou estrofes, expressa sua relação intensamente emocional com a cidade. O primeiro verso do poema *Inspiração*, que abre o livro, é "São Paulo! comoção de minha vida...".

Em certa passagem do prefácio, o autor adverte sobre como ler seus poemas: "(...) Aliás versos não se escrevem para leitura de olhos mudos. Versos cantam-se, urram-se, choram-se. Quem não souber cantar não leia Paisagem nº 1. Quem não souber urrar não leia Ode ao Burguês. Quem não souber rezar não leia Religião(...)".

Capa da 1ª edição de *Pauliceia desvairada*, de 1922. A palavra "Pauliceia" está escrita segundo a ortografia da época.

O poema *Ode ao Burguês* é um grito raivoso contra a visão burguesa da vida, sem poesia, sem cultura, preocupada apenas com dinheiro e com aparência. O desenvolvimento econômico de São Paulo, naquela altura, estava realmente concentrado nas mãos da burguesia, cada vez mais rica. Observe que o título, lido rapidamente, soa como "ódio ao burguês". Alguns de seus versos:

Eu insulto o burguês! O burguês-níquel,
O burguês-burguês!
A digestão bem-feita de São Paulo!
O homem-curva! o homem-nádegas!
O homem que sendo francês, brasileiro, italiano,
é sempre um cauteloso pouco-a-pouco!

Oswald de Andrade apresentou o livro a Monteiro Lobato, sugerindo-lhe que o publicasse em sua editora. Depois de meses sem dar uma resposta, Lobato finalmente escreveu a Mário sobre a obra, dizendo "fiquei sem coragem de editá-la". Dizia que era tão revolucionária que tinha receio de que indignasse sua clientela burguesa, levando-a a rejeitar também outros livros do catálogo, o que traria um abalo financeiro à editora.

O livro acabou publicado no fim de 1922 pela Casa Mayença, que também tinha publicado nesse ano o livro *Era uma vez*, do poeta Guilherme de Almeida, amigo de Mário e autor da capa de *Pauliceia desvairada*.

▲ Guilherme de Almeida (1890-1969)

"MEU POETA FUTURISTA"

Antes mesmo que *Pauliceia desvairada* fosse lançado, Oswald de Andrade escreveu um artigo elogiando a obra e a linguagem moderna e revolucionária do autor, chamando-o de "poeta futurista".

O artigo teve repercussão (negativa e positiva) e o nome de Mário de Andrade começou a ficar conhecido. De repente, o estudioso e reservado professor de música ganhava uma fama inesperada. Mas ser chamado de "futurista" não era bom. Passava a ideia, naquela época, de um sujeito excêntrico, revolucionário, com perigosas ideias modernas sobre arte...

Mário de Andrade (1893-1945) era também professor de piano.

Isso causou problemas pessoais e profissionais para ele. Chegou até a perder alunos por causa disso. Sem dizer as discussões em família. E não adiantou muito repetir várias vezes que não era futurista. Admitia ter alguns pontos em comum com essa nova estética, mas não poderia ser considerado um seguidor de Marinetti. Mas o adjetivo "futurista" acompanhou-o por muito tempo...

Mário começou a colaborar na imprensa, escrevendo artigos de crítica de arte, crônicas e contos. Além de professor, era agora também jornalista. Seus textos tiveram boa repercussão e ele passou a ser conhecido fora de São Paulo, principalmente no Rio de Janeiro. Dessa forma, o nome de Mário de Andrade começou a entrar definitivamente na história do Modernismo.

7 RIO DE JANEIRO E SÃO PAULO

O Rio de Janeiro era mais ativo e moderno culturalmente, com vida artística e social (teatro, museus, exposições, *shows*, espetáculos musicais) mais dinâmica. Havia também vários jornais, revistas de atualidades e editoras. Cidade cosmopolita, atraía artistas de todo o país, e o movimento turístico começava a criar na cidade um ambiente internacional.

Cariocas na praia de Copacabana, por volta de 1920. No fim do século XIX, banhos de mar eram recomendados pelos médicos para fortalecer o corpo. Mas no começo do século XX, a praia começou a ser também um local de lazer e convívio social descontraído.

© Arquivo/Estadão Conteúdo

A linguagem literária já tinha se libertado do estilo rebuscado do parnasianismo. Alguns poetas já usavam havia tempos o verso livre. Os prosadores e cronistas tratavam de temas do cotidiano carioca: não era uma literatura separada da realidade social. Perto do Rio, São Paulo era ainda bastante provinciana. Era economicamente rica, mas culturalmente pobre.

▲ Capas de revistas cariocas de 1910 e 1920.

▲ Comemorando o fim da epidemia de gripe espanhola em 1918, os cariocas festejaram o carnaval de 1919 com uma farra inesquecível, como noticiaram os jornais.

Por outro lado, em São Paulo havia uma consciência coletiva mais aguda. Sentia-se que era preciso arejar o ambiente artístico e que isso só poderia ser feito enfrentando-se a resistência dos tradicionalistas, num esforço coletivo. Daí o encontro de muitos artistas que, mesmo tendo grandes diferenças entre si, uniram-se em torno desse objetivo.

As iniciativas feitas em São Paulo começaram a repercutir no Rio de Janeiro e nomes como Oswald de Andrade, Mário de Andrade, Menotti Del Picchia e Guilherme de Almeida foram ficando conhecidos. Começaram os contatos e encontros com escritores e intelectuais da capital federal, entre eles o poeta pernambucano Manuel Bandeira (1886-1968), que se tornaria um grande amigo de Mário de Andrade. Até o festejado

escritor maranhense Graça Aranha (1868-1931), que pertencia à Academia Brasileira de Letras, resolveu aderir às novas ideias, embora não pertencesse à mesma geração dos modernistas de São Paulo e tivesse um estilo de escrever muito distante do ideal proposto pelos jovens. Tinha publicado em 1902 o romance *Canaã*, que, comentaria ironicamente Oswald de Andrade anos depois, era "um livro que ninguém havia lido e todos admiravam...".

◀ Foto recente da vista aérea do Parque da Independência. Na parte de cima, vemos o museu, e, na parte de baixo, o monumento de mármore e bronze. Entre eles, os jardins.

◀ *Monumento à Independência do Brasil*, também chamado de Monumento do Ipiranga ou Altar da Pátria, inaugurado em 1922, mas terminado completamente em 1926. Alguns anos depois, na cripta do interior do monumento foram guardadas as cinzas de D. Pedro I e das imperatrizes Leopoldina e Amélia, primeira e segunda esposa do imperador, respectivamente.

Pedro Américo. *Independência ou Morte*, 1888. Óleo sobre tela, 415 x 760 cm.

Mas, naquele momento, isso não contava, o importante é que tinha fama e chamaria a atenção sobre o movimento.

No Rio de Janeiro também se falava muito das comemorações do primeiro centenário da nossa independência. Preparavam-se festejos. Havia um clima nacionalista no ar. O ano de 1922 seria um ano especial. Principalmente em São Paulo, afinal o "Grito da Independência" de D. Pedro I tinha ocorrido às margens do riacho do Ipiranga, não muito longe do centro da cidade.

Nesse local, tinha sido inaugurado, em 1895, um museu histórico, conhecido hoje como Museu do Ipiranga, para guardar a memória desse episódio importante da nossa história. E para 1922 preparava-se a inauguração de um monumento perto do museu e às margens do riacho, compondo assim um grande parque, que marcaria simbolicamente o local do nascimento do Brasil como país livre.

NASCE A IDEIA DE UMA SEMANA DE ARTE MODERNA

8

Já que o ano de 1922 prometia grandes eventos, seria talvez interessante comemorar a data com um festival ou uma exposição de arte moderna, pensaram os modernistas de São Paulo. Inicialmente, imaginava-se um evento modesto, na livraria *O Livro*, no centro de São Paulo, onde os modernistas costumavam reunir-se para palestras, conferências, leitura de textos.

Graça Aranha, que estava em São Paulo, apoiou a ideia e apresentou o grupo a seu amigo Paulo Prado para falar do projeto e ver como ele poderia ajudar, porque, afinal, um evento desses significava muitas despesas e preparativos.

Paulo Prado era um homem culto, viajado, cafeicultor muito rico, de família tradicional de São Paulo, com ampla circulação na alta sociedade brasileira. Ele e sua esposa Marinette se animaram com a proposta de realização de uma

Semana de Arte Moderna e dispuseram-se a ajudar financeiramente, contatando inclusive seus amigos ricos e influentes.

Di Cavalcanti contou anos depois: "Eu sugeri a Paulo Prado a nossa semana, que seria uma semana de escândalos literários e artísticos, de meter os estribos na barriga da burguesiazinha paulistana".

Blaise Cendrars, Paulo Padro ▶
e Marinette Prado

E em vez de uma modesta livraria, o local escolhido foi nada menos que o imponente Theatro Municipal de São Paulo, construído, aliás, durante a gestão do prefeito Antônio Prado, pai de Paulo Prado. Realizar o festival de arte no teatro mais importante da cidade e frequentado pela alta sociedade era algo que os modernistas nem imaginavam que pudesse acontecer.

© Acervo Iconographia

Além da parte especificamente literária, haveria apresentações musicais e bailados. E no saguão do teatro seria montada uma exposição de pintura e escultura modernas, com obras de vários artistas, como Anita Malfatti, Di Cavalcanti, Victor Brecheret, além de desenhos de projetos arquitetônicos. Seriam realizados três espetáculos à noite, nos dias 13, 15 e 17 de fevereiro, e a exposição ficaria aberta todos os dias da semana.

A pianista **Guiomar Novais** (1894-1979), em foto de 1920.

Ficou decidido também que, para atrair mais público, seria importante ter artistas famosos no evento. Convidaram então a pianista Guiomar Novais, reconhecida internacionalmente como uma das melhores intérpretes de Chopin, e o compositor Heitor Villa-Lobos, já bem conhecido no Rio de Janeiro, mas que nunca tinha se apresentado em São Paulo. Sua estreia num palco paulistano seria uma grande atração.

Com a confirmação desses nomes e com a adesão de pessoas de destaque na sociedade paulistana, aumentou o interesse da imprensa em divulgar o evento. Ainda mais quando o governador do estado,

Heitor Villa-Lobos (1887-1959) considerado hoje o melhor compositor brasileiro de música erudita, fez brilhante carreira internacional.

Washington Luís, confirmou sua presença na abertura da Semana.

Como se vê, a Semana seria uma apresentação de artistas e escritores de diferentes características. Não tinha um perfil único. Mas para os modernistas o importante era o impacto que o evento poderia provocar. O espetáculo era para quem podia pagar o ingresso, não um evento popular. E na plateia estariam, evidentemente, as pessoas que os modernistas diziam que não entendiam nada de arte, que viviam do passado...

Tudo estava pronto: a montagem da exposição, os cartazes e a divulgação nos jornais, inclusive com alguns ataques provocativos de Oswald de Andrade contra a arte tradicional e, sobretudo, contra alguns nomes consagrados, como o compositor Carlos Gomes (1836-1896). A Semana de Arte Moderna podia começar.

Cartaz da Semana de Arte Moderna feito por Di Cavalcanti.

9
MADRUGADA ASSUSTADORA

UM TREMOR DE TERRA ABALA SÃO PAULO

Duas semanas antes do início da Semana de Arte Moderna, os paulistanos levaram um susto. No dia 27 de janeiro de 1922, de madrugada, a terra tremeu em São Paulo, levando pânico à população.

O abalo ocorreu na cidade de Mogi-Guaçu, no interior do estado, onde casas racharam e telhados caíram, mas seus efeitos foram sentidos também na capital, onde uma pessoa morreu de ataque cardíaco e houve estragos em fachadas de prédios e casas.

Di Cavalcanti, que estava hospedado no centro da cidade, conta que, ao sentir o abalo, vestiu-se depressa e saiu correndo para a rua, como os outros hóspedes. Em outros pontos da cidade, homens e mulheres saíram apavorados de casa e foram às ruas em trajes menores.

Mas um "terremoto" diferente estava sendo preparado para perturbar a paz do ambiente artístico da cidade...

O TEATRO ESTÁ PRONTO

10 COMEÇA A SEMANA DE ARTE MODERNA DE 1922

Escadaria de entrada do Theatro Municipal de S. Paulo.

O PRIMEIRO FESTIVAL
2ª FEIRA · 13 DE FEVEREIRO DE 1922

PROGRAMA

1ª PARTE

Conferência de **Graça Aranha**: "A emoção estética na arte moderna".

Apresentação musical: **Villa-Lobos** rege duas peças de sua autoria: *Sonata II* (violoncelo e piano) e *Trio Segundo* (violino, violoncelo e piano).

2ª PARTE

Conferência de **Ronald de Carvalho**: "A pintura e a escultura moderna no Brasil".

Apresentação musical de obras de **Villa-Lobos**. Duas para piano, executadas por Ernâni Braga, e três "danças africanas", executadas por um octeto (conjunto de oito instrumentistas).

As duas conferências foram ouvidas com atenção pelo público e não provocaram polêmicas ou contestações ruidosas. Graça Aranha defendeu enfaticamente o subjetivismo na arte, a individualidade do artista, que deve ter plena liberdade de expressão, e fez também comentários críticos à Academia Brasileira de Letras por seu caráter conservador.

Durante a conferência, para ilustrar suas ideias, Graça Aranha chamou dois poetas, Ronald de Carvalho (1893-1935) e Guilherme de Almeida (1890-1969), para lerem seus textos. O pianista carioca Ernâni Braga (1888-1948) também ilustrou um trecho da conferência tocando uma peça do compositor francês Erik Satie (1866-1925), que, em certa passagem, fazia uma paródia da famosa *Marcha fúnebre*, de Chopin, o que desagradou muito Guiomar Novais.

"Cada homem é um pensamento independente, cada artista exprimirá livremente, sem compromisso, a sua interpretação da vida, a emoção estética que lhe vem dos seus contatos com a natureza."

▲ Graça Aranha (1868-1931)

No dia seguinte, Guiomar Novais escreveu uma carta à imprensa explicando que não concordava com a falta de respeito dessa postura zombeteira com relação à música de Chopin, e aos demais estilos artísticos em geral, por parte dos modernistas. Considerava isso uma "atitude exclusivista e intolerante".

As apresentações musicais de obras de Villa-Lobos tomaram a maior parte da noite. Era a primeira vez que o maestro e compositor se exibia em São Paulo e havia muita expectativa na plateia que lotava o teatro. Mas o que deve ter provocado um choque inicial foi a própria figura de Villa-Lobos, de casaca, com um dos pés enfaixado e apoiando-se num guarda-chuva! Muita gente pensou que isso fazia parte das brincadeiras e extravagâncias dos futuristas, mas a verdade era outra e bem simples, conforme contou sua esposa, a violinista Lucília, que também se apresentou: Villa-Lobos tivera um ataque de ácido úrico em um dos pés, que ficou muito dolorido e não lhe permitia calçar o sapato...

Mas as composições de Villa-Lobos agradaram a plateia e a imprensa, de modo geral. Incorporando elementos da mestiça cultura brasileira, estava, sem dúvida, renovando nossa música erudita. Havia quem não apreciasse as novidades de sua música, mas, de todo modo, Villa-Lobos confirmava a reputação que trazia do Rio de Janeiro: era um compositor talentoso e criativo. Na verdade, não era um jovem iniciante como os modernistas. Aliás, nem era propriamente modernista, não se preocupava em chocar a plateia ou provocar escândalo. Tinha 35 anos e, embora não fosse unanimidade, estava construindo uma carreira que, com o tempo, tornaria seu nome um dos mais importantes da história da música brasileira.

▲ Heitor Villa-Lobos

O SEGUNDO FESTIVAL

4ª FEIRA · 15 DE FEVEREIRO DE 1922

PROGRAMA

1ª PARTE

Palestra de **Menotti Del Picchia** sobre a arte moderna, ilustrada com leitura de poesias e trechos de prosa por alguns escritores do grupo modernista, como Oswald de Andrade, Luís Aranha, Tácito de Almeida, Ribeiro Couto, Mário de Andrade, Agenor Barbosa.

Apresentação da dançarina Yvonne Daumerie.

2ª PARTE

Palestra de Renato Almeida sobre poesia moderna.

Apresentação de obras de **Villa-Lobos** para canto e piano.

Solos de piano de Guiomar Novais, tocando peças de compositores estrangeiros (Debussy, francês, e Blanchet, suíço) e de Villa-Lobos.

INTERVALO · durante o intervalo, no saguão de exposição, palestra de Mário de Andrade sobre arte moderna.

Bem diferente da relativa calma do primeiro festival, essa foi a noite dos escândalos, das vaias e das ofensas, com ampla repercussão na imprensa durante semanas depois do evento.

Abriu o programa o escritor Menotti Del Picchia com uma palestra sobre a arte moderna. No palco, sentados atrás dele, estavam alguns escritores modernistas. Menotti, em pé, criticou a literatura tradicional, com suas fórmulas e regras, num ataque direto ao parnasianismo. Pregava a plena liberdade de criação para falar do mundo moderno, da era da máquina e do progresso: "Queremos luz, ar, ventiladores, aeroplanos, reivindicações obreiras, idealismos, motores, chaminés de fábrica, sangue, velocidade, sonho, na nossa arte!". E lá foi Menotti, num tom vibrante e inflamado, propondo uma revolução estética e uma ruptura total com o passado.

Já se ouviam protestos da plateia quando alguns escritores modernistas foram chamados à frente do palco para ler seus textos. E aí a situação piorou. Cada um que se apresentava era recebido com vaias e assobios, que foram se tornando cada vez mais altos. O ambiente ficou tumultuado. Havia quem pedisse silêncio e educação, mas em vão. Ninguém conseguiu ouvir o que se dizia no palco. E não podemos esquecer que não havia microfone na

"Queremos exprimir nossa mais livre espontaneidade, dentro da mais espontânea liberdade. Ser, como somos, sinceros, sem artificialismos [...]. Queremos escrever com sangue — que é humanidade; com eletricidade — que é movimento, expressão dinâmica do século; violência — que é energia bandeirante."

▲ Menotti Del Picchia (1892-1988), em foto de 1920.

Oswald de Andrade (1890-1954)

"Quanto mais a vaia subia com silvos, gritarias e apupos, mais calmo e feliz ficava o Oswald, e sua voz muito suave, mas de registro intenso, foi aumentando de volume até terminar tudo que queria dizer." (Depoimento de Anita Malfatti sobre a apresentação de Oswald de Andrade na segunda noite da Semana de Arte Moderna)

época. Quem não tinha voz forte não se fazia ouvir na plateia.

Houve de tudo: uivos, gritos, risadas, latidos, miados e cacarejos. Dizem até que houve arremesso de batatas ao palco... Oswald de Andrade foi recebido com uma vaia estrondosa. Quando o barulho diminuía, ele tentava começar a leitura, mas a vaia recomeçava ainda mais forte. Afinal, houve uma certa calmaria. Disse ele mais tarde: "Então pude começar. Devia ter lido baixo e comovido. O que me interessava era representar o meu papel, acabar depressa, sair se possível".

Quando foi a vez de Mário de Andrade, as vaias e assobios aumentaram ainda mais. Menotti percebeu que ele não estava com coragem de enfrentar o tumulto. Segurou-o então pelo paletó e o animou a ir à frente do palco fazer sua leitura. Mário recuperou o controle e, com voz firme, enfrentou as vaias e leu o poema "Inspiração", que fazia parte do livro *Pauliceia desvairada*, que seria publicado ainda naquele ano.

Alguns autores têm afirmado que Mário de Andrade teria lido o poema "Ode ao burguês", que também fazia parte de *Pauliceia desvairada*. Mas até agora não há nenhuma indicação de fonte segura.

Para se ter uma ideia do tumulto que havia na plateia, vejamos o relato do historiador Jason Tércio: "Quando chegou a vez de Ronald de Carvalho, antes de se levantar ele diz aos colegas que iria controlar o público sem problema, com sua habilidade diplomática. E conseguiu ler sob silêncio os poemas seus, de Plínio Salgado e de Ribeiro Couto. Em seguida, leu 'Os sapos', brilhante sátira de Manuel Bandeira ao passadismo poético. E aí Ronald gerou os minutos mais tumultuados da noite. No primeiro refrão, *'Berra o sapo-boi: — Meu pai foi à guerra! — Não foi! — Foi! — Não foi!'*, alguém na galeria coaxou, um outro cacarejou, outro latiu, na plateia gritaram 'Silêncio!', Ronald reagiu: 'Senhores, cada um fala com a voz que Deus lhe deu', ouviu-se um início de vaia localizada, ele prosseguiu a leitura. A gozação da galeria voltou no segundo refrão: *'Urra o sapo-boi: — Meu pai foi rei! — Foi! — Não foi! — Foi! — Não foi!'*".

O poeta pernambucano Manuel ▶ Bandeira (1886-1968), que vivia no Rio de Janeiro, não compareceu à Semana, mas um poema seu, "Os sapos", do livro *Carnaval*, foi lido por Ronald de Carvalho.

Depois do evento, falou-se até (sem prova definitiva) que essas vaias da plateia tinham sido "encomendadas" por alguns modernistas exatamente para provocar tumulto e chamar a atenção da imprensa. O escândalo faria uma boa publicidade do evento...

Quando terminaram as leituras de textos, o ambiente ficou mais calmo. Foi a vez então da bailarina e cantora Yvonne Daumerie e, em seguida, uma das apresentações mais esperadas da noite — a notável pianista Guiomar Novais, que não decepcionou seus fãs e foi um sucesso, aplaudidíssima.

Charge de Belmonte na imprensa da época sobre os modernistas. Belmonte era o pseudônimo artístico do paulistano Benedito Carneiro Bastos Barreto (1896-1947), famoso desenhista, caricaturista e cartunista da época. Nesta charge ele explora com humor a ideia que muitos tinham a respeito dos artistas modernistas: eles eram malucos, coitados...

No intervalo, na escadaria do teatro, perto da exposição das pinturas e quadros, Mário de Andrade devia fazer uma breve palestra sobre arte moderna. Ele começou a falar para um grupo de cerca de quarenta pessoas, mas logo o tumulto recomeçou. Anos depois, Mário recordou: "Como pude fazer uma conferência sobre artes plásticas, na escadaria do teatro, cercado de anônimos que me caçoavam e ofendiam a valer?".

Anita Malfatti. *O japonês*, 1916. Óleo sobre tela, 61 x 51 cm.

Depois do intervalo, não houve a palestra de Renato Almeida (1895-1981) e passou-se então à parte musical, com execução de peças de Villa-Lobos. Essa parte do programa foi bem mais calma do que a outra. Mesmo assim, não faltaram comentários brincalhões durante as apresentações, atrapalhando a concentração dos artistas.

No dia seguinte, os jornais aproveitaram o tumulto da noite com os escritores e poetas para criticar e ridicularizar mais uma vez os modernistas, sempre os chamando de "futuristas". O *Jornal do Comércio*, por exemplo, escreveu: "A Semana de Arte Moderna está para acabar. É pena, porque, com franqueza, se do ponto de vista artístico aquilo representa o definitivo fracasso da escola futurista, como divertimento foi insuperável."

O TERCEIRO FESTIVAL
6ª FEIRA · 17 DE FEVEREIRO DE 1922

PROGRAMA

A última noite foi inteiramente dedicada a composições de Villa-Lobos.

1ª PARTE

Trio Terceiro · violino, violoncelo, piano.

Canto e piano · com Mario Emma e Lucília Villa-Lobos.

Sonata Segunda · violino e piano.

2ª PARTE

Três solos de piano executados por Ernâni Braga.

Quarteto Simbólico (Impressões da vida mundana) – flauta, saxofone, harpa e celesta (um instrumento parecido com o piano), com vozes femininas em coro oculto.

Como se vê pela programação, Villa-Lobos foi a grande atração musical da Semana. A última noite era para ser bem tranquila, mas ainda assim, em alguns momentos, pessoas na plateia fizeram brincadeiras que atrapalharam os músicos, com ruídos e assobios. Conta-se que um policial chegou a retirar do teatro dois rapazes que estavam com uma lata cheia de ovos e batatas. Diziam que pretendiam jogar nos promotores da Semana e não nos músicos...

Dois dias depois, no *Jornal do Comércio*, Oswald de Andrade escreveu: "A Semana de Arte Moderna que anteontem se encerrou com uma apoteose a Villa-Lobos, além de apresentar o nosso pujante mundo novo de artistas, revelou também algumas vocações de [cão] terra-nova e galinha-d'angola muito aproveitáveis. De ver como foi uma semana de incentivos às obscuras tendências de cada um. Houve iluminados e houve animalizados. Queríamos isso mesmo — afirmações.".

11
A SEMANA DE ARTE MODERNA FOI IMPORTANTE?

Como é que um festival de arte moderna, que foi ridicularizado pela imprensa, que provocou tumultos e brincadeiras, que foi completamente ignorado pela população em geral, acabou ficando na história e ainda estamos falando dele, tantos anos depois?

Em primeiro lugar, vale destacar que a Semana de Arte Moderna não fez os modernistas. Os modernistas é que fizeram a Semana de Arte Moderna. Isto é, as ideias de renovação já estavam circulando uns dez anos antes e a necessidade de um esforço coletivo é que uniu os jovens artistas e escritores nesse evento.

É claro que já havia atitudes de contestação em outras cidades, experiências inovadoras, ruptura com a linguagem tradicionalista, mas eram quase sempre iniciativas individuais, e não um forte movimento coletivo como houve em São Paulo, naquele momento.

Podemos dizer que, apesar das muitas críticas, a Semana de Arte Moderna de 1922 conseguiu seu objetivo: a divulgação ampla da existência de uma nova geração de artistas que estava lutando pela renovação da arte brasileira em geral. Para isso, usaram de todos os meios, inclusive o ataque gratuito e, muitas vezes, grosseiro contra as velhas gerações.

A Semana de Arte Moderna pode ser vista como o ponto culminante de um movimento amplo, envolvendo todas as artes, e não teve um "programa" rígido de ideias, uma "cartilha" a ser seguida, como explicou Mário de Andrade, anos depois. Era um "estado de espírito revoltado e revolucionário". Em resumo, os modernistas basicamente lutaram:

"O Modernismo foi um toque de alarme. Todos acordaram e viram perfeitamente a aurora no ar. A aurora continha em si todas as promessas do dia, só que ainda não era o dia. Mas é uma satisfação ver que o dia está cumprindo, com grandeza e maior fecundidade, as promessas da aurora."

Mário de Andrade ▶

- pelo direito à permanente pesquisa estética;
- pela liberdade de criação de formas de expressão brasileiras nas artes em geral e abandono do estilo parnasiano e lusitano na nossa linguagem literária.

A CONQUISTA DA LIBERDADE FORMAL

A liberdade na forma de compor um poema foi uma das mais importantes conquistas da geração modernista. Em vez de seguir as regras métricas tradicionais, com esquemas rígidos de rimas, versos e estrofes, os modernistas ampliaram as possibilidades de expressão poética.

Um exemplo disso é o poema "Samba", de Guilherme de Almeida.

> SAMBA
>
> Poente – fogueira de São João.
> E sob a cinza noturna o sol é um tição
> quase apagado quase.
>   Mas a noite negra
> espia de longe por uma nesga
> de nuvens e galhos. E vem depressa e chega
> correndo. Chega. E ergue a lua redonda
> e branca como um pandeiro.
>   E o samba estronda
> rebenta
>   retumba
>   ribomba.
> E bamboleando em ronda
> dançam bandos tontos e bambos
> de pirilampos.

Guilherme de Almeida. "Samba". *Poesia moderna*. S. Paulo, Melhoramentos, 1967, p. 98.

O primeiro aspecto inovador que sobressai no texto é a distribuição espacial dos versos. Observe que os versos "Mas a noite negra" e "E o samba estronda" não estão alinhados à esquerda, como os outros, mas à direita. Além disso, os versos "rebenta", "retumba" e "ribomba" foram dispostos de um modo especial, ocupando todo o espaço horizontal em relação ao verso seguinte e formando um movimento descendente no papel, numa espécie de escada. E a repetição dos fonemas /r/, /b/ e /t/ cria um efeito sonoro e musical que reforça a ideia do "estrondo" do samba como se fosse os sons dos instrumentos.

Tais recursos não só dão maior destaque aos versos em questão, como também criam um efeito visual e sonoro que evoca o ritmo acelerado do samba. É como se o leitor pudesse "ouvir" o samba, "visualizar" as evoluções dos pirilampos, isto é, dos vaga-lumes mencionados na última estrofe, que parecem dançar.

Repare nas comparações: o vermelho do pôr-do-sol lembra o fogo das fogueiras de São João. Mas à medida que vai sumindo, vem a escuridão. Então, surge a lua branca para iluminar. Uma lua que é um pandeiro e traz o samba, que explode, com os pirilampos bamboleando em roda como se fossem dançarinos numa roda de samba.

Observe também a irregularidade na extensão dos versos e na distribuição das rimas, outro sinal da pouca preocupação dos modernistas com os esquemas métricos tradicionais. Os versos são livres e o ritmo predomina sobre a métrica.

Observe que o jeito de pintar de Carybé é muito diferente do estilo tradicional. Não há nenhuma preocupação em dar detalhes realistas do corpo dos músicos e das dançarinas ou do lugar onde eles estão. Mas a posição dos braços e das pernas dão uma tal impressão de movimento à cena que parece que eles estão se mexendo. **Carybé** é o nome artístico do argentino Hector Bernabó (1911-1997), que passou boa parte de sua vida na Bahia.

▲ Carybé, *Roda de samba*, óleo sobre tela.

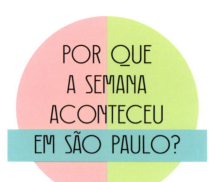

POR QUE A SEMANA ACONTECEU EM SÃO PAULO?

O impulso coletivo de renovação surgiu inicialmente em São Paulo porque era onde a industrialização avançava a passos largos, dinamizando e causando profundas mudanças na vida social. Tanto econômica quanto tecnicamente, São Paulo estava mais sintonizada com o resto do mundo do que outras cidades do país, mais entusiasmada com as transformações que ocorriam de forma acelerada na Europa no começo do século XX. Como disse o historiador Marcos Augusto Gonçalves: "São Paulo era uma cidadezinha, o Rio era uma metrópole. A Semana [de Arte Moderna] é São Paulo dizendo no terreno da cultura: o século 20 é nosso, nós somos o projeto de modernização do país".

O próprio Oswald de Andrade assim resumiu essa questão: "Se procurarmos a explicação do porquê o fenômeno modernista se processou em São Paulo e não em qualquer outra parte do Brasil, veremos que ele foi uma consequência da nossa mentalidade industrial. São Paulo era de há muito batido por todos os ventos da cultura. Não só a economia cafeeira promovia os recursos, mas a indústria com sua ansiedade do novo, a sua estimulação do progresso, fazia com que a competição invadisse todos os campos de atividade".

▼ *Mário de Andrade*, 1922. Óleo sobre tela, 54 x 46 cm. ▼ *Oswald de Andrade*, 1922. Óleo sobre tela, 51 x 42 cm.

MÁRIO DE ANDRADE E OSWALD DE ANDRADE

Retratos de Mário de Andrade e Oswald de Andrade, feitos por Tarsila do Amaral. A pintora se juntou ao grupo modernista em 1922, mas depois da realização da Semana de Arte Moderna.

Foram os dois principais nomes da Semana de Arte Moderna e da chamada primeira fase do Modernismo (1922-1930).

Mário era mais reservado, tímido, estudioso e educado em suas críticas. Oswald era expansivo, irrequieto, provocador e improvisador. E bem mais agressivo em suas críticas, arranjando muitas inimizades ao longo da vida por causa dessa agressividade, inclusive com o próprio Mário de Andrade.

Passada a polêmica fase inicial do Modernismo, os dois seguiram caminhos diferentes e produziram obras importantes.

Desenho de 1922 de Anita Malfatti mostrando o Grupo dos Cinco: Mário e Tarsila estão ao piano. Oswald (o mais gordinho) e Menotti estão deitados no chão da sala, enquanto Anita dorme no sofá.

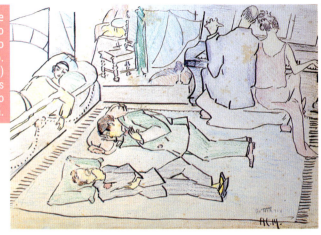

Anita Malfatti. *O Grupo dos Cinco*, 1922. Tinta de caneta e lápis de cor sobre papel, 36,5 × 26,5 cm.

O "GRUPO DOS CINCO"

Tarsila não participou da Semana de Arte Moderna porque estava fora do Brasil. Ela e Anita tinham seguido as aulas de desenho de Pedro Alexandrino, em 1919, e se tornaram amigas. E por meio de cartas, Anita a mantinha informada sobre as polêmicas envolvendo o evento.

Quando Tarsila voltou, em junho de 1922, Anita a apresentou aos seus amigos modernistas e ela logo se enturmou com Oswald de Andrade, Mário de Andrade e Menotti Del Picchia. E, até o fim do ano, formaram um grupo inseparável, que eles chamaram de "Grupo dos Cinco", participando de eventos, festas, exposições, passeios. Em 1950, Anita recordou esses tempos: *"Parecíamos uns doidos em disparada por toda parte na Cadillac de Oswald, numa alegria delirante, à conquista do mundo para renová-lo"*.

Anita gostava do Mário. Mário gostava da Tarsila. Tarsila gostava do Oswald, que acabou se casando com ela... Mário e Anita ficaram solteiros.

1. Anita Malfatti 2. Mário de Andrade 3. Tarsila do Amaral 4. Oswald de Andrade 5. Menotti Del Picchia

É de Tarsila do Amaral o quadro *Abaporu*, de 1928, uma das imagens mais marcantes do Modernismo e que está na origem do Movimento Antropofágico, elaborado por Oswald de Andrade.

▲ Tarsila do Amaral. *Abaporu*, 1928. Óleo sobre tela, 85 x 73 cm.

"Eu quis fazer um quadro que assustasse o Oswald, uma coisa que ele não esperava. Aí é que vamos chegar no Abaporu. [...] Oswald disse: 'Isso é como se fosse selvagem, uma coisa do mato'. Eu quis dar um nome selvagem também ao quadro e dei Abaporu, palavra que encontrei no dicionário de Montoya, da língua dos índios. Quer dizer "antropófago".

▲ Tarsila do Amaral (1886-1973)

Oswald de Andrade aproveitou a sugestão da palavra "antropofagia" e propôs uma "antropofagia cultural", isto é, a "deglutição", assimilação crítica dos elementos de outras culturas, num diálogo proveitoso entre o nacional e o estrangeiro, entre o que vem do exterior e o que é produzido aqui dentro, sem nenhuma ideia de pura cópia ou imitação. Essa proposta teve importantes desdobramentos, como o movimento musical chamado *Tropicalismo*, no fim da década de 1960, que reuniu artistas como Gilberto Gil, Caetano Veloso, Tom Zé, entre outros. E num mundo globalizado como o de hoje, esse debate continua mais atual do que nunca.

O jesuíta Antonio Ruiz de Montoya (1585-1652) ficou conhecido por seu trabalho missionário na América do Sul e pela elaboração de um dicionário da língua guarani antiga.

E DEPOIS?

A repercussão das ideias modernistas em São Paulo e no Rio de Janeiro contribuiu para animar grupos de vanguarda em vários pontos do país, introduzindo novas características ao processo de renovação artística. Esses grupos tiveram duração efêmera, mas são sinais da inquietação cultural que marcou a década de 1920.

Geralmente, os grupos modernistas lançavam revistas de arte e cultura que serviam de porta-vozes de suas ideias.

Em São Paulo, em maio de 1922, logo depois da Semana de Arte Moderna, os modernistas lançaram a revista *Klaxon*, que apresentava textos de escritores paulistas e cariocas e foi o meio de divulgação de suas ideias de renovação. A revista circulou de maio de 1922 a janeiro de 1923.

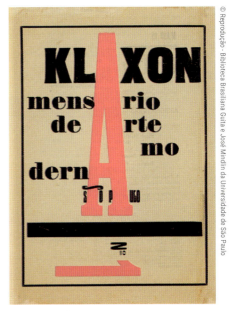

A palavra *klaxon* era o nome que se dava à estridente buzina exterior que havia nos primeiros automóveis.

A imagem de uma buzina estridente pode ser uma boa metáfora para a Semana de Arte Moderna de 1922: saia da frente que eu quero passar...

"EU SOU TREZENTOS, SOU TREZENTOS E CINQUENTA"

Esse é um verso famoso de Mário de Andrade. E sua incrível capacidade de trabalho parece dar razão ao verso. Como encontrou tempo para estudar, dar aula, escrever e fazer tantas outras coisas, numa vida de apenas 51 anos?

Considerado um dos homens mais influentes da nossa história cultural, deixou uma obra vasta, de romances, poesias, contos, crônicas, crítica literária e artística em geral. Foi ainda um incansável pesquisador do folclore brasileiro.

Sua enorme correspondência com escritores e também com jovens que se iniciavam na vida literária, a quem aconselhava e discutia ideias como se fosse um irmão mais velho, teve grande influência nos rumos da própria cultura brasileira. Veja o depoimento de um desses jovens que depois se tornou muito famoso — Carlos Drummond de Andrade (1902--1987): "As cartas de Mário de Andrade ficaram constituindo o acontecimento mais formidável de nossa vida intelectual belo-horizontina. Eram torpedos de pontaria infalível. Depois de recebê-las, ficávamos diferentes do que éramos antes. E diferentes no sentido de mais ricos ou mais lúcidos".

Além disso, passou do campo teórico à ação prática. Participou do serviço público em vários setores, esteve à frente do Departamento Municipal de Cultura de São Paulo e incentivou a criação de bibliotecas. A Biblioteca Pública Municipal de São Paulo, a mais importante da cidade, criada em 1925, passou a chamar-se Biblioteca Mário de Andrade em 1960.

Fachada da Biblioteca Mário de Andrade, na Praça Dom José Gaspar, em São Paulo.

Casa Mário de Andrade. A casa onde morou é hoje um centro cultural.

DESPEDIDA

12
BREVE "ENTREVISTA IMAGINÁRIA" COM
MÁRIO DE ANDRADE

As respostas de Mário de Andrade foram extraídas de seus próprios textos literários, artigos e depoimentos.

— **Mário, você participou da polêmica Semana de Arte Moderna, em 1922. Como foi essa experiência? Ela mudou sua vida?**

M.A. — "O meu mérito de participante é mérito alheio: fui encorajado, fui enceguecido pelo entusiasmo dos outros. Apesar da confiança absolutamente firme que eu tinha na estética renovadora, mais que confiança, fé verdadeira, eu não teria forças, nem físicas nem morais, para arrostar aquela tempestade de achincalhes. E se aguentei o tranco, foi porque estava delirando. O entusiasmo dos outros me embebedava, não o meu. Por mim, teria cedido. Digo que teria cedido, mas apenas nessa apresentação espetacular que foi a Semana de Arte Moderna. Com ou sem ela, minha vida intelectual teria sido o que tem sido."

— **Você e Oswald fizeram uma boa parceria...**

M.A. — "Oswald foi a figura mais característica da dinâmica do movimento modernista."

— **Você acha que um escritor tem de ter uma participação ativa na sociedade?**

M.A. — "Se a sociedade está em perigo, conclui-se que o escritor tem a obrigação indeclinável de defendê-la. Infelizmente não são muitos os que entre nós se capacitaram disso. Uns por não possuírem consciência profissional. Outros por não possuírem consciência de espécie alguma. Não há por onde fugir. Ninguém pode cruzar os braços, ficar acima das competições sociais."

— A arte, então, pode ser vista como um instrumento de combate?

M.A. — "A arte pode ser evidentemente um instrumento de combate e aí estão admiráveis instrumentos de luta, como o "Inferno", de Dante, o *D. Quixote*, de Cervantes, o *Guerra e Paz*, do Tolstói, e tantos mais. Porém, o que ninguém pode negar é que todos esses combatentes foram admiráveis artistas e que é justamente pela beleza de exposição formal do seu pensamento que eles adquiriram o valor de combate que têm."

— A sua geração modernista foi participante?

M.A. — "Julgo que nós, rapazes daquela época, devíamos ter participado mais da vida pública do país, devíamos ter nos interessado mais pelo Brasil — por um Brasil que não fosse apenas arte. Fomos uns contemplativos, uns abstencionistas. Está claro que houve exceções nada convincentes. No geral, permanecemos à margem de certas realidades. E hoje em dia me parece que não tínhamos esse direito. É esse um direito que os moços jamais têm."

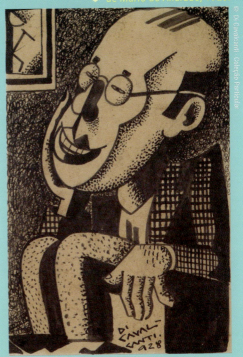

Di Cavalcanti. *Caricatura de Mário de Andrade*, 1928.

— Os modernistas de 1922 então não devem servir de exemplo?

M.A. — "Eu creio que os modernistas da Semana de Arte Moderna não devem servir de exemplo a ninguém. Mas podemos servir de lição."

— Se pudesse dar um conselho aos jovens de hoje, o que diria?

M.A. — "Façam ou se recusem a fazer arte, ciência, ofícios. Mas não fiquem apenas nisso, espiões da vida, camuflados em técnicos de vida, espiando a multidão passar. Marchem com as multidões."

13
VALE A PENA LER

Há muitos bons livros sobre a Semana de Arte Moderna e o Modernismo em geral, além de *sites* e vídeos disponíveis na internet. Apenas a título de sugestão de leitura, indicamos alguns dos livros que serviram de base para a elaboração desta nossa breve viagem histórica.

1922: A SEMANA QUE NÃO TERMINOU.

Marcos Augusto Gonçalves. São Paulo: Companhia das Letras, 2012.

Rica reconstituição ilustrada e detalhada dos bastidores da Semana, dos antecedentes e da situação cultural e artística da época.

EM BUSCA DA ALMA BRASILEIRA: BIOGRAFIA DE MÁRIO DE ANDRADE.

Jason Tércio. Rio de Janeiro: Estação Brasil, 2019.

Excelente biografia do principal escritor do Modernismo. Amparado em uma abundância de fontes, o livro reconstrói a vida pessoal, familiar e intelectual de Mário de Andrade, desde a infância até sua morte, dando ao leitor uma ampla visão do ambiente cultural do período.

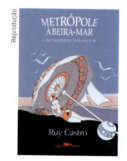

METRÓPOLE À BEIRA-MAR: O RIO MODERNO DOS ANOS 20

Ruy Castro. São Paulo: Companhia das Letras, 2019.

Uma bela reconstituição social da cidade do Rio de Janeiro no começo do século XX, destacando a rica vida cultural que a tornou a primeira cidade moderna do país. Livro ilustrado com muitas fotos.

OSWALD DE ANDRADE: BIOGRAFIA.

Maria Augusta Fonseca. São Paulo: Biblioteca Azul, 2007.

Ótima biografia ilustrada com fotos do irreverente Oswald de Andrade, a figura mais polêmica e fascinante do Modernismo. Amparado em ampla pesquisa, o livro compõe um rico panorama da época e acompanha o escritor da infância à morte.

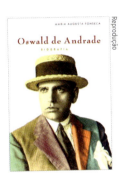

22 POR 22: A SEMANA DE ARTE MODERNA VISTA POR SEUS CONTEMPORÂNEOS.

Maria Eugênia Boaventura (org.) São Paulo: Edusp, 2008.

Preciosa coletânea de mais de cem artigos elogiosos e críticos publicados na imprensa em 1922 sobre o Modernismo e a Semana de Arte Moderna. Ajuda-nos a entender bem qual foi o impacto da atuação dos modernistas e a reação dos antimodernistas.

HISTÓRIA DO MODERNISMO BRASILEIRO: ANTECEDENTES DA SEMANA DE ARTE MODERNA.

Mário da Silva Brito. Rio de Janeiro: Civilização Brasiliera, 1971.

Livro já clássico sobre o período imediatamente anterior à Semana de 22. Numa linguagem agradável, o autor, grande pesquisador, reconstitui os momentos mais importantes que antecederam a realização do polêmico evento, revelando curiosidades e detalhes das agitações da época.

AUTOR E OBRA

...